Kinderseelen will er quälen

Thriller

von Paul Rheinfels

Impressum

Public Book int. (GbR)
Augustusring 36
55286 Wörrstadt

publicbookint@t-online.de

Telefon: 0160 - 96 44 66 00
Herstellung/Umwandlung: Amazon

Lektorat: Schreibbüro Buck
E-Mail: schreibbuero@buck-systeme.de
Verantwortlich für den Inhalt:
A. Ehrensperger
Herstellung/Umwandlung: Amazon

Fotoquelle: clipdealer.com

ISBN-13: 978-1503063662
ISBN-10: 1503063666
ASIN: B0098O5HUW

Alle Rechte, einschließlich das des vollständigen oder auszugsweisen Nachdrucks in jeglicher Form sind vorbehalten.

Alle Handlungen und Namen in diesem Kriminalroman sind frei erfunden. Ähnlichkeiten mit handelnden Personen und Ereignissen entsprechen dem Zufall.

Kinderseelen will er quälen

In einem Waldstück wird die Leiche eines Jungen gefunden, eingepackt in Geschenkpapier. Zwischen seinen Beinen liegt ein Zettel mit der Aufschrift: „Ein Vorab-Geburtstagsgeschenk für Kommissar Hauser."

Hauser hat in drei Tagen Geburtstag und er befürchtet weitere Leichen. Sein Verdacht bestätigt sich und so jagt er mit seinem Assistenten und einer Psychologin ein Phantom.

Als sich auch noch seine Ex-Frau in einen ehemaligen Kindermörder verliebt, gehen bei Hauser die Sicherungen durch. Er vermutet einen eiskalten Racheakt, kann jedoch vorerst keine Beweise finden.

Eine nervenaufreibende Jagd nach dem Mörder beginnt, der an Hausers Geburtstag einen besonders brutalen Mord plant.

Inhalt

Die Leiche in Geschenkpapier	5
Innere Leere	11
Zeitdruck	14
Der Nebenbuhler	21
Geburtstagswünsche	28
Der Zellengenosse	34
Missbraucht	44
Schuldig?	49
Der Kumpel	54
Psycho-Analyse	59
Schüsse	63
Happy Birthday	72
Holzkohle	79
Volle Wucht	84

Die Leiche in Geschenkpapier

Als früh morgens um 6 Uhr das Handy von Oberkommissar Frank Hauser summte, zog er seinen Kopf unter dem Kissen hervor, tastete nach dem mobilen Telefon und führte es zu seinem Ohr. Der Schädel brummte und die geleerten Weinflaschen, die neben dem Sofa lagen, waren Zeichen für einen alkoholreichen Abend. „Scheiße, so früh. Wer ist dran?", meldete sich Hauser und hoffte, der Anrufer hätte sich verwählt.

„Chef, hier Brummer. Ein Mord im Stadtwald. Sie müssen kommen."

Hauser verdrehte genervt die Augen und erwiderte: „Bin in einer halben Stunde da." Schwerfällig quälte sich Hauser vom Sofa, fasste sich an den Kopf, der weiterhin unangenehm dröhnte. Er stolperte über eine Flasche, die er daraufhin verärgert mit dem rechten Fuß zum Mülleimer kickte.

Im Bad zog er flott die Jeans an, einen Pullover über das Shirt, schlüpfte in die Schuhe, strich die Haare mit Wasser glatt und verließ seine Bude. Seit er von seiner Frau Elke und den beiden Kindern zwangsweise getrennt lebte, hatte es Hauser nicht mehr so mit Ordnung. Sein Leben war ein wenig chaotisch, nachdem Elke die Scheidung eingereicht hatte.

Das Trennungsjahr war fast vorüber und Hauser hatte sich mit seinem Single-Dasein schon abgefunden. Mit Vollgas und Blaulicht kämpfte er sich durch den Berufsverkehr. Sein Assi Brummer hatte ihm eine genaue Wegbeschreibung per SMS geschickt.

„Arschloch, weg da", schimpfte Hauser, als ein PKW nicht schnell genug die Straße freigab. Wieder Bleifuß und raus aus der Stadt. Ein Mord auf nüchternen Magen, nach einer durchzechten Nacht war gar nicht nach seinem Geschmack. Dazu noch im Wald.

„Was für ein Mist", schimpfte er vor sich hin, als er in den Waldweg einbog, wo schon drei Streifenwagen standen. Hauser stellte sein Auto ab, begrüßte die Kollegen und schon kam Brummer angerannt.

„Oh, Chef. Morgen. Mit Verlaub, aber Sie stinken wie ein Weinfass."

Hauser blickte ihn kurz an und erwiderte trocken: „Momentan bin ich auch ein lebendes Weinfass. Aber der Tropfen war gut. 2,99 bei Aldi. Kann ich nur empfehlen." Brummer nickte: „Zisch lieber mal ein Bier."

Hauser und Brummer gingen zum Tatort.
„Ganz mysteriöse Sache", erklärte Brummer.
„Wie mysteriös?", hakte Hauser nach.
„Werden Sie gleich sehen", machte es Brummer spannend.

Als sie vor der Leiche standen, versuchte sich Hauser ein Bild von der Tat zu machen, doch dann zuckte er zurück.
„Ja, Chef", meinte Brummer. „Ich sagte ja, mysteriös."

Er zeigte auf einen Zettel, der neben der Leiche lag und auf dem geschrieben stand.
„Das erste Geburtstagsgeschenk für Bulle Hauser."

Daneben flackerte eine Grableuchte. Die Leiche war ordentlich in rotes Geschenkpapier verpackt. Nur der Kopf war freigelassen worden.
„Haben Sie heute Geburtstag?", fragte Brummer.

Hauser schüttelte den Kopf: „Nein, in drei Tagen."
Brummer notierte das in seinem iPad.
„Und wer ist die Leiche?", wollte Hauser wissen.
„Ein Junge namens Philipp Müller. Die Papiere hatte er bei sich."
Hauser stutzte: „Müller? Philipp?", dachte er laut und schaute sich das Gesicht aus nächster Nähe an.
„Scheiße, verflucht. Der ist in der Klasse meiner Tochter." Brummer machte erneut Notizen.
„Und, habt ihr schon ein paar Spuren?", fragte Hauser Thomas Klotz von der Spurensicherung.
Klotz antwortete mit Blick auf den Weg: „Der wurde verfolgt und gehetzt. Überall Fußspuren mit zwei unterschiedlichen Profilen. Dann wurde er wohl von hinten gewürgt und der Täter drückte ihm den Kehlkopf ein." Hauser nickte.
„Und wer hat ihn gefunden?", fragte er mit Blick zu Brummer.
„Der Förster", bekam er zur Antwort.
„Todeszeitpunkt?"

Klotz presste die Augen zusammen: „Denke, so vier Uhr heute morgen, aber ohne Gewähr.

Später kann ich mehr sagen." Hauser verabschiedete sich und ging mit Brummer zum Wagen. „Wir müssen zu den Eltern des Opfers", bemerkte er und Brummer stimmte zu. Als sie vor dem Haus der Eltern von Philipp Müller standen, summte Hausers Handy. Seine Bald-Ex-Frau Elke war dran.

„Frank, ich möchte dir etwas erzählen", sagte sie mit ruhiger Stimme.

„Elke", erwiderte Hauser mit genervtem Unterton, „ich bin gerade in einem Mordfall."

Elke ärgerte sich: „Du bist immer in irgendeinem Fall. Aber ich muss dir etwas sagen, bevor Du heute Abend den Jungen zum Fußball abholst. Ich habe einen neuen Mann an meiner Seite und den wirst Du heute kennenlernen."

Hauser schluckte und schimpfte: „Ich werde gar nichts, deinen neuen Ficker will ich nicht sehen. Vergiss es."

Hauser drückte das Gespräch weg, schlug mit den Fäusten gegen das Lenkrad und fluchte: „Fuck, Fuck, Fuck!"

So kannte Brummer seinen Chef. Manchmal cholerisch, immer direkt, fluchend, aber eigentlich ein ganz guter Kerl. Er hatte halt nur im Moment ein wenig die Scheiße an den Hacken kleben.

„Stress mit der Familie?", fragte Brummer fürsorglich.

Hauser stieg aus dem Wagen und meinte süffisant: „Ich doch nicht. Nur, dass meine Noch-Frau und bald Ex-Frau sich fremd bumsen lässt."

Mit voller Wucht schmiss er die Wagentür zu und sagte fast schon sarkastisch:
„Top-Voraussetzungen, um Eltern mitzuteilen, dass ihr Sohn hingerichtet wurde." Die beiden Polizisten läuteten an der Tür des Reihen-Mittelhauses.

Innere Leere

„Ja, bitte?", fragte eine Frau mittleren Alters.
Hauser erkundigte sich nach ihrem Namen. Nachdem sie geantwortet hatte, holten die beiden ihre Polizeimarken raus, zeigten sie Frau Müller und baten um Einlass.
„Hat Philipp was angestellt, er war über Nacht nicht zu Hause?", wollte die besorgte Mutter wissen.
Brummer fragte, ob es nicht merkwürdig sei, dass ein Junge in solch einem Alter nachts unterwegs sei.

Frau Müller erklärte: „Philipp ist 16 und macht Musik. Das geht manchmal bis morgens."

Ist Ihr Mann da?", fragte Hauser und erhielt zur Antwort:
„Seit drei Jahren ist mein Mann tot. Der Krebs hat ihn geholt."

Hauser presste die Lippen zusammen und fragte: „Dürfen wir uns setzen?"

Frau Müller bot den Herren im Wohnzimmer zwei Plätze auf dem Sofa an, setzte sich auf den Sessel gegenüber und hörte gespannt zu.

„Frau Müller. Es tut uns außerordentlich leid", fing Hauser an zu sprechen und sah in den Augen der Frau, dass sie spürte, gleich etwas Schlimmes zu erfahren.

„Philipp, er ist übrigens ein Klassenkamerad meiner Tochter Sonja, wurde heute tot im Wald gefunden."

Frau Müller blickte starr, dann schlug sie die Hände vors Gesicht, sank im Sessel zusammen und schrie:

„Nein, nein. Erst mein Mann, jetzt der Junge. Nein. Warum?" Brummer versuchte die Frau zu beruhigen, was aber nicht gelang.

„Können wir jemanden informieren, der Ihnen nahe steht?", fragte Brummer.
Doch Frau Müller schüttelte den Kopf.
„Ruf' mal einen Arzt", ordnete Hauser an und Brummer führte die Anweisung aus. Als der Arzt zehn Minuten später eingetroffen war, verließen die Männer das Haus und spürten die innere Leere, die ihnen das Gespräch zurückgelassen hatte.

„Die Sau müssen wir uns schnappen. Bestimmt so ein perverser Kinderficker", sagte Hauser beim Einstieg ins Auto.

„Oder ein Jungenstreit", erwiderte Brummer.
„Zu Tode hetzen, Kehlkopf eindrücken, der Zettel. Das ist ein Kranker", meinte Hauser.
„Und es muss eine Verbindung zu Ihnen geben, Chef", ergänzte Brummer.
Hauser stimmte zu und sagte zu Brummer: „Im Büro checkst Du mal alle Fälle, in denen ich wegen Kindermord ermittelt habe. Vielleicht taucht da ein Verdächtiger auf."
Für Hauser war jeder Mord ekelerregend, aber ein Kind umzubringen oder einen Jugendlichen, das hasste er. Das trieb seine Wut nach oben und er wollte diesen Killer jagen, bis er ihn vor der Flinte hatte. Hauser hatte schon manche Perverse hinter Gitter gebracht, aber er konnte sich keinen Reim darauf machen, weshalb ihm jemand eine Leiche zum Geburtstag schenkte. Vor allem befürchtete er, dass bis zu seinem Geburtstag in drei Tagen weitere Leichen auftauchen könnten. „Könnte der Beginn einer Serie sein", sagte er zu Brummer, während er mit dem Wagen auf den Parkplatz des Präsidiums einbog.
Brummer hatte auch so eine Befürchtung: „Bin froh, wenn Ihr Geburtstag vorbei ist und wir keine neuen Geschenke gefunden haben", bemerkte er.

Zeitdruck

Während Brummer im Büro die alten Fälle studierte, informierte er sich bei Klotz, ob er neue Erkenntnisse hatte. Klotz schimpfte am Telefon:
„Mensch, Frank. Ich bin noch dran. Aber Todeszeitpunkt war so etwa um 3.30 Uhr. Todesursache war der eingedrückte Kehlkopf, der wurde mit einer Gewalt zerstört. Unfassbar. Wir gehen davon aus, dass der Täter den Jungen gut eine halbe Stunde gehetzt hat. Wir fanden auch Abdrücke von einem recht großen Hund, der war an der Treibjagd beteiligt. Wir suchen den Wald weiter ab."

Hauser bedankte sich und dachte angewidert: „Was für eine Sau. Der muss völlig gestört sein." Er informierte Brummer über die Erkenntnisse und versuchte, sich in seinen Gedanken die Vorgänge in der Nacht vorzustellen. Wo hatte die Jagd begonnen? Warum dieses Hetzen? Und warum musste gerade Philipp Müller sterben? Hauser hatte noch keine Antworten parat, doch der Schlüssel musste wohl in seiner eigenen Vergangenheit liegen oder der Täter wollte ihn auf eine falsche Spur locken. Alles denkbar. Doch er musste etwas unternehmen, bevor das kranke Hirn erneut zuschlagen würde.

Plötzlich rief Brummer: „Da habe ich einen. Kurt Schwengler. Saß wegen zweifachen Kindermordes. Er hatte die beiden Jungs im Wald erwürgt und sie anschließend missbraucht." Hauser wurde hellhörig. „Ja, Kurt Schwengler. Den habe ich vor gut 15 Jahren in den Knast gebracht, schwor im Gerichtssaal Rache. Der hatte völlig kranke Fantasien. Wo wohnt er jetzt?"

Brummer schaute in der Datei nach und antwortete: „Offenbach. Also nicht weit von hier."
Hauser stand auf und bemerkte eilig: „Nichts wie hin."

Brummer saß diesmal am Steuer, raste über die Autobahn und war hochkonzentriert.
„Schwengler hatte selbst einen Jungen, der sich nach den Morden völlig von ihm abgewandt hat. Vielleicht ist da in ihm was explodiert", dachte Hauser laut.
„Da vorne müssen wir abbiegen", erklärte Hauser und Brummer fuhr mit quietschenden Reifen in die Kurve. Als sie vor dem großen

Mietblock standen, warnte Hauser: „Wir müssen vorsichtig sein. Schwengler ist eine fiese Ratte."

Die Männer hatten Glück, dass eine Frau den Mietblock verließ und die Tür öffnete.
„Ganz oben wohnt Schwengler", erklärte Brummer.

Das Haus war leicht heruntergekommen, Graffiti an den Wänden und der Aufzug war nicht gerade die neueste Ausführung. Brummer zog seine Dienstwaffe aus dem Halfter, als Hauser an Schwenglers Tür klopfte. Lange Zeit tat sich nichts. Dann hörten sie ein Poltern und die Tür öffnete sich einen Spalt.
„Kurt Schwengler?", fragte Brummer und erhielt zur Antwort: „Wer will das wissen?"
Just in diesem Moment warf sich Hauser gegen die Tür. Schwengler fiel nach hinten und blickte in den Lauf von Brummers Waffe.
„Nicht so stürmisch, meine Herren", meinte Schwengler und erhob sich vorsichtig.

Dann fixierte er Hauser, grinste ihn an und sagte überheblich: „Mein alter Freund, der Herr Kommissar. Dass wir uns noch mal wiedersehen, ist mir eine Freude. Wie geht es denn dem knackigen Sohnemann?"

Hauser versuchte sich zusammenzureißen, was ihm nicht gelang. Mit seinem Fuß trat er Schwengler gegen das Schienbein und meinte: „Oh, wie ungeschickt. Tut mir leid, Schwengler. Aber halte meine Familie da raus, Arschloch."

Schwengler war vor Schmerzen in die Knie gesackt und stöhnte: „Was wollt ihr Schweine von mir? Ich habe meine Strafe abgesessen."
Brummer kniete sich zu Schwengler nach unten und sagte mit aggressivem Unterton: „Was haben Sie mit Philipp Müller gemacht?"

Schwengler kämpfte sich nach oben, versuchte sich aufrecht zu halten und warf Hauser einen hasserfüllten Blick zu: „Du schiebst mir nichts in die Schuhe. Du nicht. Müller, Philipp oder wie der Knilch heißt, kenne ich nicht."
Hauser lächelte ihn an: „Man muss ja auch nicht unbedingt den Namen seines Opfers kennen."
Dann wurde sein Ton barscher: „Wo warst du Ratte gestern Nacht?"
Schwengler erwiderte: „Warum?"
Hauser blickte ihm tief in die Augen und erwiderte: „Weil da ein Junge ermordet wurde

und du ein Kandidat auf unserer Täterliste bist."
Schwengler wurde es leicht übel. Er konnte den Männern nicht sagen, wo er gestern Abend war, denn dann bekäme er Ärger, womöglich großen Ärger. „Hier", log er. „Hier in meiner Wohnung. Wie fast immer."
Brummer zog die Augenbrauen nach oben: „Schwaches Alibi oder besser gesagt, gar kein Alibi." Hauser ergänzte: „Wir nehmen den Herrn Schwengler mal mit aufs Präsidium und beantragen einen Durchsuchungsbefehl. Bestimmt finden wir etwas in dieser Bruchbude."

Schwengler suchte nach einer Fluchtmöglichkeit, doch die zwei Männer waren ihm überlegen. Er musste seinen Hals aus der Schlinge ziehen, denn natürlich hatte er sein Verlangen nach Jungs nicht einfach abgelegt. Die Wohnung war voll mit Heftchen, Pornos und im Internet war er auch aktiv. Das würde den Bullen genug Futter geben, um ihn erneut anzuklagen. Schwengler musste weg, fliehen, doch wie?

„Los, Schwengler, Abmarsch", befahl Hauser und schob ihn aus der Tür. Brummer hatte die

Waffe wieder weggesteckt, weil er keine Gegenwehr fürchtete.

Doch genau in dem Moment, in dem Schwengler aus der Wohnung trat, stieß er Hauser zurück, warf die Tür zu und rannte über den Flur zum Aufzug. Zum Glück war der Aufzug noch auf seiner Etage. Aufgeregt drückte er den Knopf, als er hörte, dass die Bullen angestürmt kamen. Schwengler sprang in den Aufzug und die beiden Polizisten rannten über den Flur.

„Über die Feuertreppe", brüllte Hauser, als er sah, dass die Aufzugstür zu war. Brummer öffnete die Glastür und hechtete mit seinem Chef die Treppe nach unten, was nicht leicht war, da die Gittermetallstufen im schnellen Tempo nicht einfach zu begehen waren.

„Wir ballern ihm notfalls in die Beine", ordnete Hauser an.
Als sie unten ankamen, war jedoch von Schwengler weit und breit nichts zu sehen.
„Der kann nicht weit sein", stammelte Brummer, der außer Atem war.
Hauser suchte wie ein Radargerät nach einem Schlupfwinkel, in dem sich der Flüchtige versteckt haben könnte.

„Wir gucken mal in den Müllcontainern nach", sagte Hauser und deutete mit dem Zeigefinger auf die Ecke neben dem Haus. Sie öffneten jeden der fünf stinkenden Container, doch fanden keinen Schwengler.
„Der stinkt zwar genauso wie der Dreck hier, aber da hat er sich nicht verkrochen", meinte Hauser verärgert und sagte zu Brummer: „Großfahndung nach Schwengler und Durchsuchungsbefehl einholen."

Der Nebenbuhler

Brummer nickte und leitete per Handy die ersten Maßnahmen ein. Noch fast eine Stunde untersuchten sie die Umgebung, doch Schwengler schien sich in Luft aufgelöst zu haben. Auf der Fahrt ins Büro sagte Brummer: „Der könnte es gewesen sein."
Hauser überlegte und erwiderte: „Könnte. Aber vielleicht hatte er nur Angst, dass wir Kinderpornodreck in seiner Wohnung finden. Dreck hat er jedenfalls am Stecken. Da bin ich mir sicher."
Hauser blickte kurz zur Uhr und ihm rutschte ein lautes „Scheiße" raus.
„Was ist, Chef?", wollte Brummer wissen.
„Mein Junge. Thorsten hat um 7 Uhr Fußballtraining, ich habe versprochen, ihn hinzufahren."
„Schaffen wir", meinte Brummer, schob das Blaulicht aufs Dach und raste zu Hausers Familie.
„Guter Einsatz", lächelte Hauser, als Brummer vor dem Haus hielt.
„Ich fahre mit dem Bus in die Stadt", schlug Brummer vor und gab seinem Chef den Autoschlüssel.

„Danke dir", erwiderte Hauser, klopfte ihm kurz auf die Schulter und ging zum Haus seiner Familie.

Er betrat die Eingangstreppe und schon öffnete sich die Tür. Sein Sohn Thorsten kam ihm mit seiner Sporttasche entgegen und meinte nur mürrisch: „Du bist zu spät, Papa."
Schon trat Elke aus der Tür und empfing Hauser mit den Worten: „Frank, bitte komm mal kurz rein."

Hauser wollte jetzt keinen Streit ausbrechen lassen, sagte zu Thorsten: „Geh schon mal zum Auto, bin gleich da."

Dann ging er zu Elke, die ihn mit Handschlag begrüßte und ihn in die Küche führte.
„Nicht erschrecken, ist meine neue Liebe. Bitte sei nett zu ihm."
Hauser verdrehte die Augen und hatte überhaupt keine Lust, seinem Nachfolger zu begegnen. Doch der harte Arbeitstag hatte ihn müde gemacht und so gab er sich dem Wunsch von Elke fast wehrlos hin.
„Das ist Tom", sagte sie mit erfreuter Stimme und deutete mit ausgestrecktem Finger auf einen Mann, der lässig am Kühlschrank lehn-

te. Hauser blickte ihn kurz an und zuckte zusammen.

„Was, der?", sagte er mit aufgeregter Stimme. „Tom Hirsch in meinem Haus?" Er riss die Augen auf, blickte zu seiner Frau und schimpfte: „Den habe ich in den Knast gebracht. Das ist ein Mörder."

Elke beschwichtigte: „Hat er mir alles erzählt. Das ist Vergangenheit und war ein Irrtum."
Hauser kriegte sich nicht mehr ein, während Hirsch genüsslich von den kleinen Tomaten naschte, die auf einem Teller neben dem Kühlschrank lagen.
„Ein Irrtum? Ein Kindermörder in meinem Haus. Elke, schmeiß das Schwein raus oder ich mache es. Der schläft nicht mit meinen Kindern unter einem Dach."
Elke wurde böse und konterte: „Hau ab. Willst du mir das auch noch kaputt machen, Tom hat wenigstens Zeit für mich. Nicht jeder Verbrecher ist eine Bestie. Er hat für seine Taten gebüßt. Und ob er es wirklich war damals, da gibt es ja so seine Zweifel."

Hauser wollte auf Hirsch zustürmen und brüllte dabei: „Ich hau dir den Kopf weg. Verlasse mein Haus."

Elke ging dazwischen, stieß sich den Kopf an der Schranktür und blutete.
„Tut mir leid, Elke. Tut mir leid", flehte Hauser und bekam eine Ohrfeige von Elke: „Hau jetzt ab. Thorsten wartet auf dich."

Hauser schüttelte verzweifelt mit dem Kopf, warf Hirsch einen verachtenden Blick zu und verließ das Haus. Thorsten empfing ihn mit saurer Miene. „Jetzt verpasse ich das Training. Scheiße, Papa."

Hauser schien heute in jedes Fettnäpfchen zu treten, das herumstand.
„Schaffen wir schon", beruhigte er seinen Sohn und zog die Brummer-Nummer ab. Mit Blaulicht zum Training, was Thorsten megageil fand.

Hauser beruhigte es, seinen Sohnemann auf dem Fußballplatz zu beobachten. Seine Kinder waren sein ganzer Stolz. Klar hatte er sie und seine Frau in den letzten Jahren vernachlässigt. Aber der Job fraß ihn nun mal auf und das Geld brauchten sie ja, permanent stand er zwischen den Stühlen. Die Klagen seiner Frau darüber, dass er zu wenig Zeit für die Familie hätte und der Job auf der anderen Seite. Bei einem Mord konnte er nicht pünkt-

lich Feierabend machen, das war ausgeschlossen. Als seine Frau die Scheidung einreichte, hatte ihn das schwer getroffen. Das Zuhause war immer der Kontrast zu der brutalen, bösen Welt, mit der er im Job konfrontiert war. Seit der Trennung spürte Hauser, dass er nicht mehr im Gleichgewicht war und die gute Seite seines bisherigen Lebens nicht mehr als Stütze hatte. Er zischte eine Dose Bier und jubelte, als Thorsten einen Ball im Tor versenkte.
Tom Hirsch ging ihm durch den Kopf.

Wie konnte Elke einen Schwerkriminellen ins Haus lassen und sich in ihn verlieben? Hauser stufte Hirsch als Psychopathen ein. Er soll einen Jungen aus seiner Nachbarschaft mit einer Einkaufstüte erstickt haben. Hirsch bestritt zwar die Tat, doch die Beweislage war zu erdrückend.

Zwölf Jahre bekam der Hund, in Hausers Augen viel zu wenig. Das Kind war zwar nicht missbraucht worden, aber musste qualvoll sterben. Zeugen sagten aus, Hirsch sei ausgeflippt, weil der Junge zu laut war beim Spielen. Beim Verhör erzählte Hirsch ständig irgendwas von Stimmen, die ihn zu seinen cholerischen Anfällen anstifteten. Hirsch war nicht dumm, verteidigte sich selbst vor Gericht und zog die Richterin fast auf seine Seite. Doch er wurde für voll schuldfähig erklärt und es wurde für ihn ein IQ von 175 errechnet. Sein Problem war, dass eine Freundin des Opfers die Tat gesehen und Hirsch eindeutig erkannt hatte. Das lieferte ihn ans Messer.

Als das Training beendet war, fuhr Hauser seinen Sohn nach Hause und fragte ihn: „Wie ist denn so Mamas Neuer?" Thorsten fand die Frage unangenehm, hatte mit ihr allerdings schon gerechnet.

„Eigentlich ganz normal, er lässt mich in Ruhe und liest Mama abends aus irgendwelchen Büchern vor und zitiert ständig kluge Leute. Mama findet ihn halt super."

Hauser verdrehte die Augen und fragte nach Sonja.

„Die ist fertig", meinte Thorsten. „Ein Klassenkamerad von ihr ist tot."

Hauser erwiderte: „Ja, ich weiß. Philipp Müller. Schlimme Sache." Sie waren am Haus angekommen und Hauser verabschiedete seinen Sohn mit den Worten: „Wenn etwas Merkwürdiges zu Hause passiert, rufst du mich an."

Er blickte seinen Sohn autoritär an und erntete ein ehrliches: „Klar, Papa. Mache ich."

Geburtstagswünsche

Hauser fuhr nach Hause in seine Wohnung, die eher einer Kammer glich. Ein Zimmer, Küche Bad und ein großer Weinschrank, den er jedes Wochenende auffüllte. Hauser hasste die Abende in seiner Bude. Keine Abwechslung, außer Fernsehen und Essen aus der Dose, nur die Pullen ließen ihn ein wenig abschalten. Trotzdem hatte er sich mit seiner Situation abgefunden. Der Job war eh der Mittelpunkt seines Lebens und so war es ihm manchmal ganz recht, nicht ständig irgendwelche Erklärungen abgeben zu müssen, wenn es mal wieder später geworden war.

In seiner Kammer angekommen, öffnete Hauser eine Fischdose, knackte dazu eine Flasche Chianti und machte es sich in der Küche bequem.

Sein einziger Luxus: Zwei Flimmerkisten. Eine im Wohnzimmer, die andere in der Küche. So ließ er sich von irgendeinem Scheiß im Fernsehen berieseln, leerte die Fischdose und schlürfte seinen Wein. Hirsch ging ihm immer noch nicht aus dem Kopf.

Wie konnte sich dieser Hirnkranke bei seiner Frau einschleimen und seine Finger auf ihre Haut legen? Wenn der beim Sex so pervers war wie in seinen Fantasien, müsste Elke doch merken, dass sie es mit einem Kranken zu tun hatte. Auf der einen Seite hatte er auch einen Funken Verständnis. Klar hatte er wenig Zeit, war oft auch mies gelaunt, aber Elke hätte ihm ja zumindest noch eine Chance geben können. Alleine schon der Kinder wegen. „Scheiß drauf", murmelte Hauser, schnappte sich die Weinflasche, setzte sie an und nahm einen großen Schluck. Er wurde ruhiger und entspannter, nahm die Fischdose und feuerte sie ins Spülbecken.

Der aktuelle Fall war verstrickt. So richtig konnte er sich nicht mit dem Gedanken anfreunden, dass Schwengler der Täter war. Klotz von der Spurensicherung hatte ihm mitgeteilt, dass der Junge nicht missbraucht worden war. In seinem Mund fand er ein eingepacktes Karamellbonbon und der Penis war rot angemalt worden. Seltsame Sache und Hauser überlegte, ob er einen Psychologen hinzuziehen sollte, der ihm die Hintergründe solch einer Spinnerei erklärte. Doch die Seelenklempner sprachen oft eine Sprache, die Hauser nicht verstand. Auf jeden Fall war ihm klar, einen Kranken zu jagen. Entweder Schwengler oder einen, der da draußen vielleicht die nächste Tat vorbereitete.

Als Hauser am nächsten Morgen auf dem Boden neben dem Sofa erwachte, musste er sofort an Hirsch denken und stellte sich vor, wie das Arschloch in der Nacht seine Frau betatscht hatte. In zwei Tagen hatte Hauser Geburtstag und wollte mit den Kids ausgehen. Hoffentlich fand er die Zeit dafür, das Handy summte und Hauser meldete sich.

Brummer war in der Leitung: „Chef, Kacke. Wieder ein Mord. Diesmal in den Weinbergen. Bei Rüdesheim."
Hauser fluchte. Jetzt war sicher, dass es eine Serie war. Er trat die Weinflasche weg, die neben dem Sessel lag, roch an seinem T-Shirt und entschloss sich, ein neues anzuziehen. Shirt an, Hose an, Schulterhalfter an, Schuhe und ab nach Rüdesheim. „Nicht mal einen Kaffee kann ich morgens trinken", fluchte Hauser.

Gegen 8 Uhr war er am Tatort und schüttelte sich angeekelt mit dem Kopf. Wieder ein Junge, er lag tot im Hang zwischen den Reben. Sorgfältig eingepackt in blauem Geschenkpapier mit Mickey-Mouse-Figuren.

Zwischen den Beinen lag ein Brief mit dem erwarteten Inhalt: „Bald ist es soweit, Hauser. Das zweite Geschenk vorab, weitere Überraschungen warten."

Klotz fand im Mund erneut ein Bonbon und der Penis war ebenso rot angemalt.
„Fuck", schimpfte Hauser und Brummer fragte nachdenklich: „Schwengler?"

Hauser blickte ihn an und erwiderte: „Die Jungs wurden nicht missbraucht, das passt nicht in Schwenglers Schema. Aber wer weiß, irgendwer will sich an mir rächen. Nur wer?"
Brummer schwieg. Auch er hatte keine Erklärung.

„Ich ziehe mal die Psycho-Tante hinzu. Du benachrichtigst die Eltern des Jungen", ordnete Hauser an und bat Klotz, ihn zu informieren, sobald er neue Erkenntnisse habe.

Mies gelaunt fuhr Hauser ins Präsidium, schnappte sich die Fotos und ging zur Psychologin.

Frau Doktor Dreiler empfing ihn verwundert: „Sie nehmen meinen Rat in Anspruch? Ist ja was ganz neues."

Hauser erwiderte nichts, legte ihr die Fotos vor und blickte sie intensiv an:

„Im Mund beider Opfer fanden wir Bonbons. Die Opfer wurden erst gehetzt und dann erwürgt. Und jedes Mal lag ein Zettel dabei, auf dem der Täter schrieb, die Leichen mir zum Geburtstag geschenkt zu haben. In zwei Tagen ist mein Geburtstag."

Dreiler blickte ihn an und erklärte: „Ist eine Serie und an Ihrem Geburtstag wird es eine besondere Überraschung geben. Das Bonbon könnte ein Hinweis dafür sein, dass der Täter homosexuell ist. Er macht den Mund süß, dahinter könnte die Lust auf Oralsex stecken." Dreiler überlegte weiter: „Roter Penis? Rot steht für Blut. Er hat ein anormales Verhältnis zu seinem Geschlechtsteil. Ich vermute, er wurde als Kind sexuell missbraucht. Mehr kann ich im Moment nicht sagen."

Hauser nickte und hakte nach: „Und warum die Zettel?" Dreiler bewegte ihren Kopf hin und her: „Entweder eine Rache gegen Sie oder der Täter hat einfach Wut auf die Polizei, doch es muss eine Verbindung zu Ihnen geben."

Hauser bedankte sich, nahm die Fotos wieder an sich und hatte einen besseren Eindruck von der Psycho-Tusse als vorher. Zumindest konnte er den Täterkreis ein wenig eingrenzen und sich auf einen schwulen, missbrauchten Arschkacker konzentrieren, natürlich nur, wenn Frau Doktor Psycho Recht hatte. Und sie lebte ja nur von Theorien, wenn ihre Analyse auch sehr logisch wirkte.

Der Zellengenosse

Hauser setzte sich in sein Büro und recherchierte ein wenig nach Hirsch. Vor einem Jahr war er entlassen worden, eine gute Führung wurde ihm bescheinigt. „Alles Tarnung", lästerte er leise und wollte mehr wissen über Hirsch, der seine familiäre Festung erobert hatte. Hauser rief beim Gefängnisdirektor an und erkundigte sich nach Hirsch.

Der Direktor meinte: „Kaum auffällig, er teilte sich mit Edgar Gerber eine Zelle. Gerber saß, weil er seinen Sohn umgebracht hatte, seine Frau wollte ihn verlassen. Schlimme Sache. Gerber unternahm mehrere Suizidversuche, Hirsch hat ihn zweimal zurück ins Leben geholt. Die beiden waren dicke Kumpels und Hirsch tat das gut. Der Psychologe bescheinigte ihm gute Fortschritte."

Hauser bedankte sich. Er kam momentan nicht weiter und hatte keine Idee, Hirsch ein Bein zu stellen. Spontan rief er bei Elke an. Sonja nahm ab.
„Na, Girlie, wie geht es Dir?", fragte er.
„Scheiße, Papa", erwiderte Sonja. „Das mit Philipp geht mir echt nach." Hauser erwiderte: „Verstehe ich. Ist Mama da?"

Sonja ärgerte sich: „Mit keinem kann ich reden, nur Tom hört mir zu."

Hausers Blutdruck stieg: „Tom? Tom Hirsch? Der Schwerverbrecher macht auf Papa? Den kralle ich mir."
Sonja beruhigte ihn: „Mensch, Papa, komm mal runter. Mama braucht halt Abwechslung. Sie will dich eigentlich nicht sprechen, aber ich versuche es mal."

Es vergingen ein paar Minuten, dann meldete sich Elke: „Was ist, Frank? Nach deiner Nummer hier gestern habe ich keine Lust mehr auf dich. Echt."

Hauser versuchte ruhig zu bleiben: „Ich bessere mich. Wie habt ihr euch eigentlich kennengelernt?"
Elke war genervt: „Was geht dich das an? Aber wenn es dich beruhigt. Er lieferte immer die Pizzen zu uns, die Thorsten so mag. Wir kamen ins Gespräch. Tom erzählte sofort von seiner Vergangenheit und machte reinen Tisch. Er ist aufmerksam, zärtlich und fügt sich hier gut ein."

Hausers Puls raste vor Wut. „Und wann zieht er ganz bei euch ein?", provozierte er.

„Bald", erwiderte Elke. „Ich weiß nur nicht, ob ich seinen Hund bei uns dulde."
Hauser erschrak: „Hund? Ein Hund in meinem Haus. Niemals."
Elke erwiderte: „Mein Haus, Frank." Dann legte sie auf.

Hauser war wütend und dann schoss ihm ein Gedankenblitz durch den Kopf, der sein Adrenalin in die Höhe powerte.
„Hund", murmelte er und rief sofort bei Klotz an: „Klotz, sag mal. Wurde der zweite Junge auch von einem Hund gehetzt?" Klotz antwortete: „Sieht so aus. Wir fanden wieder Hundespuren am Tatort."
Die Gedanken hämmerten, War Hirsch der Jungenmörder? Hatte er sich in seine Familie eingeschlichen, um sich zu rächen? Hauser wurde fast wahnsinnig bei dem Gedanken. Doch er brauchte Beweise und musste vorsichtig vorgehen, denn sonst könnte man ihm den Fall wegen Befangenheit abnehmen.

Hauser entschloss sich, diesen Gerber, den Zellengenossen von Hirsch, aufzusuchen und aus ihm etwas raus zu quetschen.

Verhör

Doch plötzlich stürmte Brummer ins Büro.

„Schwengler ging ins Netz", rief er und Hauser fragte:
„Wo?"
Brummer erwiderte: „Bei einem Strichjungen in seinem Mietblock hatte er sich versteckt. Als er vor der Tür eine rauchte, haben ihn Kollegen erkannt und festgenommen. Er sitzt im Verhörzimmer."

Hauser nickte zufrieden. „Dann nehmen wir uns den mal vor und lasse parallel die Wohnung von ihm untersuchen." Brummer entgegnete: „Schon passiert. Die Kollegen nehmen die Bude auseinander und knacken den PC." Hauser lobte Brummer und die beiden gingen zu Schwengler, der zusammengekauert auf einem Stuhl saß und zuckte, als hinter ihm die Tür aufging.

„Na Schwengler. Du musst wieder in den Bau, dann ficken dir die Knastkollegen in den Arsch. Müsste dir doch gefallen", begrüßte ihn Hauser und nahm am Tisch gegenüber von ihm Platz.
Schwenglers Blick war weniger aggressiv, als noch einen Tag zuvor: „Ich bin unschuldig", stammelte er.
Brummer trat näher an ihn heran und meinte: „Wir würden Ihnen ja gerne glauben, Herr

Schwengler. Aber erklären Sie uns, weshalb Sie geflüchtet sind?"
Schwengler blickte auf seine gefesselten Hände und bat um eine Zigarette.

„Erst reden, dann rauchen", brüllte Hauser und Brummer bot Schwengler einen Kaffee an, den er dankend annahm. „Ich bekam Panik. Ich will nicht mehr in den Knast", versuchte er zu erklären.

„Unsinn, Schwengler", brüllte Hauser. „Du wolltest einfach weiter Jungs killen. Einmal Jungenficker, immer Jungenficker."

Schwengler blickte hilfesuchend zu Brummer, der meinte: „Ein frühes Geständnis könnte Ihre Lage vereinfachen."

Schwengler erwiderte fast wimmernd: „Ich habe nichts zu gestehen."

Hauser schlug mit der Handfläche auf den Tisch: „Weg mit diesem Scheißkerl, ab in die Zelle. Wir stellen deine Bude auf den Kopf und wir werden was finden, um dich bis ans Lebensende in den Knast zu feuern."
Ein Polizist führte Schwengler ab, der völlig verzweifelt rief: „Ich töte keine Jungs mehr."

Hauser machte eine abweisende Handbewegung und versuchte sich erst einmal zu beruhigen. „Keine Ahnung, ob er es war", sagte er ernüchtert zu Brummer.
„Der ist doch viel zu doof, um eine Leiche in Geschenkpapier einzuwickeln." Brummer stimmte zu.
„Und er hat keinen Hund."

Bei dem Wort Hund sprang Hauser auf: „Ich muss noch was Privates erledigen", sagte Hauser und ließ einen verwunderten Brummer zurück. Hauser hatte Edgar Gerbers Adresse recherchiert und machte sich auf den Weg zu ihm. Er fuhr so schnell als möglich nach Mainz, überquerte den Rhein und fuhr zu dem kleinen Winzerort in Rheinhessen, um Gerber einen Besuch abzustatten.

Etwas außerhalb auf einem heruntergekommenen Hofgut machte er Halt, stieg aus und erkannte auf dem Namensschild den Namen Edgar Gerber. Als er läutete, hörte er Hundegebell und es kamen große Rottweiler ans Tor gerannt.

Nach einer Weile öffnete sich die Haustür und ein abgemagerter Mann mit missmutigem Blick kam auf Hauser zu.

„Aus", befahl er seinen Hunden und „Platz". Die beiden gehorchten blitzartig und legten sich flach auf den Bauch. „Was wollen Sie hier? Sie sind bestimmt Bulle, die rieche ich meilenweit."

Hauser nickte: „Nur ein bisschen reden. Über Ihren Knastkumpel, Hirsch."
Gerber lächelte süffisant: „Hat Tom Scheiße gebaut? Was geht mich das an?" Hauser erwiderte geduldig: „Ich sagte ja, nur ein wenig plaudern." Gerber zögerte einen Moment, dann öffnete er das Gartentor und führte Hauser ins Haus. Die beiden Hunde folgten, knurrten Hauser kurz an und legten sich im Wohnzimmer ihrem Herrchen zu Füßen.

Das Haus war eine Rumpelkammer. Unausgepackte Umzugskartons, alte Möbel, Bierflaschen und Hundefutterdosen standen auf dem Boden. „So, was gibt es, Bulle?", fragte Gerber.

„Hirsch hatte Ihnen das Leben gerettet im Knast", sagte Hauser.
„Und? Ist das strafbar?", antwortete Gerber.
„Wollte er nach dem Knast Rache nehmen? Hatte er so was geäußert?"

Gerber grinste: „Rache? An wem? Nee, der wollte ein ruhiges Leben führen. Eine geile Tusse heiraten und auf Familie machen."
Hauser schluckte und murmelte: „Auf dem Weg ist er ja."
Gerber wurde ungeduldig: „Und was noch?"

Hauser machte auf provokant: „Sie haben Ihren Sohn umgebracht. Wie leben Sie damit?"
Gerber wurde unruhig. Die Salve hatte seine Wirkung gezeigt: „Ihr scheiß Bullen habt meinen Sohn auf dem Gewissen. Wenn ihr damals das Haus nicht gestürmt hättet, indem ich meinen Jungen festhielt, hätte ich nie geschossen."

Hauser machte weiter: „Deine Frau lief doch weg, weil du eine schwule Amsel bist." Gerber wurde zornig. Seine Hunde standen auf und warteten auf ein Kommando.
„Sie haben ja auch einen Jungen", brüllte Gerber. „Ich hoffe, er verreckt. Und warum duzen Sie mich. Kann mich nicht erinnern, Ihnen das Du angeboten zu haben."

Hauser ballte die Faust, doch die Hunde visierten ihn an und so hielt er sich zurück.

„Arschlöcher duze ich immer. Also Arschloch, eine Frage noch.Ist Hirsch auch vom anderen Ufer?"
Gerber beruhigte sich und wurde süffisant:
„Er hat zwar einen geilen Arsch, aber ich durfte nie an seinen Schwanz."
Hauser erwiderte:
„Tja, Schwänze sind wohl deine große Leidenschaft."
Gerber lachte ekelhaft, griff hinter sich zu einer Glasschale und bot Hauser ein Bonbon an.
„Damit du mich in süßer Erinnerung hast, Bulle", säuselte Gerber.
Hauser stand auf, schob sich an den Hunden vorbei und meinte beim Hinausgehen: „Fickst du eigentlich auch deine Hunde?"

Gerber blieb gelassen und erwiderte „Drecksau."
Hauser warf ihm noch einen Blick zu und sagte: „Ich habe das Gefühl, wir sehen uns noch."
Gerber erwiderte lächelnd: „Musst dich beeilen, mein Magenkrebs wuchert. Die Ärzte geben mir noch ein halbes Jahr."
Hauser wunderte sich: „Ach, dann ist die Welt ja bald um einen Schwanzlutscher ärmer."

Gerber wiederholte sein Arschloch und Hauser war froh, dass er die Bruchbude samt Köter und dem warmen Gerber verlassen konnte. So richtig weiter geholfen hatte ihm das Gespräch nicht. Gerber war todkrank und ziemlich heruntergekommen. Er deckte Hirsch, das war klar. Doch Hauser wollte sich nicht in einer Sache verrennen, die vielleicht von seinem Ego getrieben wurde.

Missbraucht

Auf dem Weg zurück ins Büro fühlte sich Hauser leer, der Fall war undurchsichtig, anstrengend und merkwürdig. Solange Schwengler kein Geständnis ablegte, bestand die Gefahr, dass der Irre noch immer auf freiem Fuß war. Er würde erneut zuschlagen und an seinem Geburtstag den Höhepunkt des Grauens planen, da war sich Hauser mehr als sicher. Der Täter musste vorher gefasst werden und Hauser musste einen klaren Verstand bewahren. Noch einmal alle Indizien durchgehen sowie die Dateien nach potenziellen Mördern durchsuchen. In seiner Vergangenheit wühlen, alte Fälle analysieren, viel Arbeit wartete auf ihn. Er machte einen Stopp an einer Raststätte, aß Pommes, trank ein Pils dazu und machte sich auf den Weg ins Präsidium.

Brummer war versunken über Akten, als er fragte, wie die Übermittlung der Todesnachricht des zweiten Opfers verlaufen war. „Tragisch, wie immer", erklärte Brummer. „Der Junge war der ganze Stolz seiner Mutter. Der Vater war schon tot und der Junge ein talen-

tierte Fußballer beim Rüsselsheimer SV."
Hauser stutzte: „Rüsselsheimer SV?" Brummer nickte. „Gegen die spielt Thorsten am Wochenende." Brummer blickte auf.
„Der Mörder sucht sich die Opfer im Umfeld deiner Kinder."
Hauser nickte: „Und es waren zweimal Jungs, bei denen der Vater gestorben war."

Hauser und Brummer war klar, dass sie neue Anhaltspunkte hatten. Hauser spekulierte: „Nehmen wir mal an, die Psycho-Tusse hat Recht. Dann haben wir folgende Hinweise: Schwuler Täter, wurde als Kind missbraucht und will mir mit den Morden Angst machen oder sich rächen. Er hat einen Hund und ..."
Hauser unterbrach: „Ich muss meine Kids absichern", meinte er plötzlich aufgeregt.
Brummer stimmte ihm zu und schlug vor, zwei Zivilkollegen vor dem Haus zu postieren.
„Aber keine Schlafkappen", forderte Hauser und Brummer informierte die Kollegen.

Hauser und Brummer grübelten zu zweit.
„Schwengler. Schwul? Passt", analysierte Brummer.
„Missbrauch könnte sein", ergänzte Hauser „und Rache an mir auch." Der Verdacht, dass Schwengler doch der Gesuchte war, verdich-

tete sich und trotzdem wollte sich Hauser nicht alleine auf Schwengler konzentrieren. Hirsch fiel aus dem Raster. Er war nicht schwul. Doch Hauser war klar, dass sie sich an einem Strohhalm festhielten.

„Brummer", sagte Hauser nachdenklich. „Tu mir mal einen Gefallen. Der neue Stecher von Elke arbeitet in der Pizzeria Toscana. Ich habe ihn wegen Kindesmord hinter Gitter gebracht, er hat auch einen Hund. Vielleicht kannst du ihn mal besuchen und fragen, wo er zu den Tatzeiten war. Wenn ich das mache, eskaliert es wieder."

Brummer erwiderte: „Geht klar, Chef. Ich mache mich auf den Weg." Hauser musste nochmal an Gerber denken. Er kam nicht in Frage, denn es gab keine Verbindung zu ihm. Warum sollte er sich dann rächen? Nein, das machte keinen Sinn.

Entweder Schwengler oder ein zweiter Unbekannter kamen in Frage. Hauser spürte zwar, dass sie einen Schritt weiter gekommen waren, aber nur einen winzig kleinen. Als sich einer der Kollegen meldete, die Schwenglers Wohnung auf den Kopf gestellt hatten, rückte Schwengler noch mehr in den Fokus.

„Drecks-Kinderpornos überall", erzählte der Kollege.

„Fotos von Jungs, benutzte Kondome. Eine Wichsbude ohne Ende und wir fanden Geschenkpapier in einem Schreibtisch. Außerdem hatte Schwengler früher mal einen Hund und führt gelegentlich Hunde aus dem Tierheim Gassi. Auf seinem Schrank lag eine Telefonnummer des Tierheims, die das bestätigten." Hauser atmete durch und bedankte sich. Der Fall schien erledigt und Schwengler das Schwein zu sein. Gemeinsam mit Brummer würde er später ein Geständnis herausquetschen, dann könnte er die Akte schließen. Er hatte nicht gedacht, dass Schwengler zu solchen Morden fähig war, da hatte er ihn anscheinend unterschätzt. Nicht immer lag er mit seinem Bauchgefühl richtig. Aber egal, der Fall schien geklärt und eigentlich war es Blödsinn, dass Brummer Hirsch verhörte. Aber Hirsch ein bisschen zu quälen, war ja ein ganz guter Nebeneffekt. Da wusste der Kacker, dass er im Visier der Polizei war.

Hauser war jetzt froh, dass er mit seinen Kids doch den Geburtstag feiern konnte. Jetzt hatte er Zeit und überlegte sich, mit den beiden ins Kino zu gehen. Oder ins Schwimmbad? Oder einfach nur zu Mac Doof? Noch hatte er zwei Tage Zeit zum Überlegen, Hauser wartete auf Brummer und zog mittlerweile die Kollegen vom Haus seiner Frau ab. Observieren war nicht mehr nötig, und die Kollegen waren sicherlich froh, in den Feierabend starten zu können.

Als Brummer endlich zurück war, berichtete er: „Ein ziemliches Arschloch, der Hirsch."
Hauser erwiderte lächelnd: „Sagte ich doch, hat er ein Alibi?" Brummer nickte: „Ja, er war zu der Zeit bei deiner Frau, behauptet er."
Hauser verzog das Gesicht. „Hätte ich auch geantwortet und, hat er einen Hund?"
Brummer nickte erneut: „Ja, einen kleinen Mischlingshund. Hetzen kann man mit dem niemanden."
Hauser sagte trocken: „Wäre ja auch zu schön gewesen, wenn wir Hirsch ans Bein pinkeln könnten. Aber egal, meine Zeit kommt noch."

Hauser erzählte Brummer über die Durchsuchungsergebnisse von Schwenglers Wohnung und ließ ihn erneut in das Verhörzimmer bringen. „Diesmal beobachtest du uns durch den Spiegel, mit mir alleine hat Schwengler mehr Angst", sagte Hauser.

Schuldig?

Kurz darauf saß Schwengler vor ihm. „Na, heute schon gewichst? Auf die Jungs der letzten Tage? Schwengler, erzähl mir mal, wie das war?" Schwengler schwieg, was Hauser erboste: „Wir sitzen hier bis morgen früh, ohne Pinkeln, ohne Kippen. Wir hocken hier solange, bis du die Wahrheit gesagt hast."

Hauser machte eine Pause und fuhr fort: „Deine Bruchbude ist ein versifftes Pornostudio. Du versteckst dich bei einem Stricherjungen und du hast Zugang zu Hunden. Du hast mit mir eine Rechnung offen, Schwengler, mach das Maul auf."
Schwengler brüllte zurück: „Ich steh auf Jungenärsche, ja. Ich bringe aber keinen mehr um. Das ist vorbei. Und Sie, Hauser, gehen mir am Arsch vorbei. Alte Rechnungen sind verfallen." Hauser drehte die Schraube noch etwas an. „Du kommst wegen der Pornoscheiße eh zurück in den Knast. Die Filme sind illegal, dann schicken wir dich in Sicherheitsverwahrung."

Schwengler war innerlich verzweifelt, hörte jedoch nicht auf, zu kämpfen. „Könnt ihr gar nicht. Ich lasse mir nichts anhängen", stammelte Schwengler.

Hauser trat von hinten an ihn heran und flüsterte ihm ins Ohr: „Packst du aus, wenn ich dir den Finger in deinen fetten Arsch stecke?"

Schwengler drehte seinen Kopf weg und erwiderte: „An Ihrem Finger steckt mehr Scheiße, als in meiner Arschritze."

Hauser hätte gerne zugeschlagen oder ihm einfach ein Ohr abgerissen, aber das wäre keine gute Lösung gewesen. Er ließ Schwengler abführen und ging zu Brummer. „Der hat die Scheiße in der Hose", meinte Brummer und ergänzte: „Morgen klopfen wir ihn weich." Hauser nickte und meinte: „Wir machen Feierabend. Heute können wir nichts mehr tun."

Hauser fuhr noch auf ein Bierchen in seine Stammkneipe „Zum Feierabend" und ließ den Tag mit Schnaps und ausnahmsweise mal mit Bier ausklingen, eigentlich verzichtete er auf Gerstensaft, seiner Figur zuliebe. Aber heute gönnte er sich ein paar frisch gezapfte Gläschen. Schließlich stand der Fall ja kurz vor dem Abschluss, Hauser hatte oft Drecksfälle zu erledigen. Kindermord, Ehemord, Sexualmorde und so weiter. Er lebte in der Mörderwelt fast mehr als in der Realität. Das hatte ihn geprägt, er konnte kaum jemandem vertrauen, vermutete in vielen Menschen das Gesicht des Bösen. Hauser war sicher, dass jeder zu einem Mörder werden könnte. Er hatte brave Beamte verhaftet, die beim Streit mit den Nachbarn die Axt holten und zuschlugen.

Er hatte Familienväter hinter Gitter gebracht, die ihre Frau vor den eigenen Kindern enthauptet hatten und Frauen erlebt, die aus Eifersucht die beste Freundin mit Strickkandeln erstachen.

Unfassbar, was in einem Menschen explodieren konnte. Wird im Kopf der falsche Schalter umgelegt, werden anscheinend im Kopf mörderische Gehirnzellen aktiviert. Wenn Hirsch oder irgendein anderer seiner Familie etwas tat, würde Hauser ebenfalls eiskalt zulangen, keine Sekunde würde er zögern. Da war er sich sicher, lieber Knast als eine ungesühnte Sau, wobei Hauser es wohl

geschickter anstellen würde. Abmurksen ja, aber so, dass keiner auf seine Spur käme. Da hatte er einige Tricks parat. Hauser zahlte und fuhr leicht benebelt nach Hause. Er verdrückte noch eine alte Frikadelle, glotzte irgendwas Saudoofes im Fernsehen an und schlief auf dem Sofa ein.
Als er am nächsten Morgen um acht erwachte, war er froh, keinen Anruf von Brummer erhalten zu haben. Morgen hatte er Geburtstag und Schwengler war im Knast. Kein neues mörderisches Geschenk.

Hauser ging gutgelaunt aus der Wohnung und fuhr zum Dienst. Schwengler wollte er heute ins Kreuzverhör nehmen und endlich das Geständnis hören.

Um kurz vor neun kam er im Büro an. Brummer war noch nicht im Zimmer. Hauser kochte Kaffee und freute sich auf den morgigen Abend, den er mit seinen Kids verbringen würde.
Als er die Füße auf den Schreibtisch gelegt hatte und den schwarzen Kaffee einflößte, kam Brummer mit Grabesmiene ins Zimmer.
„Schlecht geschlafen, Brummer? Du brauchst eine Freundin, dringend", meinte Hauser,

doch Brummer verdarb auch ihm die Laune: „Zwei schlechte Nachrichten, Chef."

Hausers Gesicht fror ein: „Erzähl", forderte er und Brummer legte los: „Schwengler hat sich in der Zelle umgebracht. Er ist solange mit dem Kopf gegen die Wand gerannt, bis der Schädel gespalten war."
Hauser erwiderte: „Scheiße. Also kein Geständnis ..."
Brummer unterbrach: „Und Chef, es gibt eine neue Leiche. Gleiches Muster wie bisher."

Hauser war fertig mit der Welt und fluchte: „Was für ein Mist. Lass uns zum Tatort fahren."

Der Kumpel

Hauser und Brummer schwiegen während der Fahrt. Sie hatten die falsche Fährte verfolgt und deshalb musste ein weiteres Kind sterben. Es lag am Strand eines Seitenarms vom Rhein.

Eingepackt in blaues Geschenkpapier ohne Motive. Ein Bonbon im Mund, der Penis rot angemalt und der Zettel zwischen den Beinen fehlte ebenfalls nicht.

„Hauser. Ein weiteres Geschenk. Ich freue mich auf deine Geburtstagsparty."
Hauser schaute sich das Gesicht des Jungen an und verlor die Fassung:
„Manuel Winter. Torwart im Team meines Sohnes", stammelte er und spürte, wie Wut und Verzweiflung in ihm aufstiegen. „Ich informiere die Eltern, das bin ich Joe Winter schuldig", sagte er betroffen und verließ den Ort des Grauens.

Alleine fuhr er zur Wohnung der Winters. Mit Joe hatte er oft gemeinsam die Spiele ihrer Jungs beobachtet und dabei ein paar Dosen

Bier gezischt. Seine Frau war vor ein paar Jahren bei einem Verkehrsunfall ums Leben gekommen. Joe tat alles für seinen Jungen, schuftete tagsüber bei Opel und schmiss abends den Haushalt. Er hatte einen Kloß im Hals, als er an der Wohnungstür läutete.

Joe öffnete aufgeregt: „Hallo, Frank. Bin heute zu Hause geblieben, weil Manuel nicht nach Hause kam, habe die Polizei informiert. Schön, dass du persönlich kommst."
Hauser schwieg. „Ein Bierchen?", fragte Joe. Hauser antwortete: „Mach uns mal zwei Schnäpse klar." Joe holte eine Pulle mit zwei Gläsern aus dem Schrank und hatte eine Vorahnung.
Er blickte Hauser ängstlich an und fragte: „Sag mal, ermittelt die Mordkommission bei vermissten Jungs?"
Hauser wich seinem Blick aus, trank den Schnaps und füllte sich ein zweites Glas. Dann erzählte er mit belegter Stimme: „Joe, Joe. Manuel. Er wurde ermordet." Joe blieb starr. Er riss seine Augen auf, trommelte mit den Fäusten auf seine Knie und fing an zu weinen.

Hauser strich sich durchs Haar und fühlte sich so verdammt hilflos. „Wer? Frank, wer war es?", stammelte Joe und blickte Hauser

flehend an. „Ich bring ihn um. Mit meinen eigenen Händen." Hauser schnaufte: „Wissen wir noch nicht, Joe."
Joe schwieg und blickte auf die Vitrine, auf dem ein Foto seiner verstorbenen Frau und eines von Manuel im Torwarttrikot stand. Joe weinte hemmungslos. Ein kräftiger Kerl, ein Mannsbild heulte wie ein Kind.
Hauser bekam Mitleid und wollte ihn irgendwie beruhigen.

Doch wie? „Frank, bring mir den Kerl. Versprich mir, dass du die Sau kriegst und ich ihm in die Augen sehen darf." Hauser lehnte sich zurück und erwiderte: „Du wirst ihm in die Augen sehen, Joe. Das verspreche ich dir."
Joe nickte und Hauser fragte beim Abschied: „Brauchst du irgendwas?" Joe schüttelte den Kopf und antwortete: „Halte dein Versprechen ein, dann hilfst du mir."

Hauser nickte und war froh, die Wohnung verlassen zu haben. Er war betroffen und aggressiv zugleich, fest entschlossen, dem Mörder die Gurgel umzudrehen, ihn endlich zu schnappen. Und zwar vor seinem scheiß Geburtstag.
Hauser hatte keinen Täter mehr im Visier. Hirsch hatte wohl ein Alibi, Schwengler war

tot und sonst stand keiner mehr auf seiner Liste. Er dachte solange nach bis der Kopf fast platzte, doch er fand keine einleuchtende Lösung. Als er mit Brummer fast gleichzeitig im Büro war, ordnete er an, noch einmal alle Dateien der früheren Fälle durchzugehen.
„Wir müssen doch was finden", machte er sich und Brummer Hoffnung, als sie vor den PCs saßen.
„Ich habe übrigens Elke mal angerufen", sagte Brummer plötzlich. „Nur mal so gefragt, wie es ihr geht und dann erkundigte ich mich beiläufig nach ihrem Liebesleben. Sie erwähnte ihren Neuen."
Hauser wurde hellhörig und raunte: „Na und?"
Brummer erklärte: „Ich fragte, ob sie gemeinsam mit ihrem Neuen die Blockbuster in den letzten zwei Tagen geguckt hätte. Sie sagte Ja, damit hat Hirsch ein Alibi." Hauser nickte enttäuscht und vertiefte sich wieder in die Dateien.

„Hier habe ich einen Jungenmörder. Scheiße. Der sitzt noch."
Brummer dachte einen Moment nach. „Warum versteifen wir uns nur auf Ihre Fälle, Chef`", dachte er laut. „Es könnte ja auch einer sein, der einfach der Polizei ans Bein pinkeln will, er hat Sie einfach ausgesucht."

Hauser musste zugeben, dass das kein schlechter Einwand war. „Wir sollten grundsätzlich nach Jungenmördern suchen und vielleicht suche ich nochmal die Psycho-Tante auf."

Brummer lächelte: „Gefällt Ihnen die Frau Doktor? Hat ja auch einen ganz guten Vorbau." Hauser erwiderte: „Dein Schwanz ist doch eher notgeil, als meiner. Ich vermittle dir gerne mal ein Date."

Brummer grinste: „Nicht notwendig, habe da was mit einer von der Streife laufen." Hauser grinste: „Wurde ja auch Zeit. Dachte schon, du wärst eine schwule Socke."

Psycho-Analyse

Kurz darauf stand Hauser im Büro von Dr. Dreiler. „Haben Sie Gefallen an der Psycho-Ecke gefunden?", witzelte Dr. Dreiler.

Hauser blieb ernst. „Der Fall spitzt sich zu. Morgen ist mein Geburtstag und da befürchten wir den Supergau."
Dr. Dreiler nickte. „Ich habe mir den Fall nochmal etwas genauer angeschaut. Der oder die Täter könnten etwas in Ihrem näheren Umfeld planen, vielleicht gilt der nächste Anschlag auch Ihnen."
Hauser blickte Dr. Dreiler nachdenklich an: „Sie sagten, der oder die Täter. Gehen Sie von mehreren aus?"
Dreiler erwiderte: „Ist nicht auszuschließen."
Hauser tappte noch immer im Dunkeln und hakte nach: „Was würden Sie raten? Wo soll ich suchen?"
Dr. Dreiler lächelte: „Sie sind der Kommissar, man spielt mit Ihnen Katz und Maus. Ihr Geburtstag muss irgendeine Bedeutung haben, darauf würde ich mich konzentrieren."

Hauser bedankte sich und ging zurück zu Brummer. „Gib mir noch mal die Akte Edgar Gerber und gehe du noch mal alle Kindermörder durch, die ich eingebuchtet habe."
Brummer nickte und fragte: „Wer ist Edgar Gerber?"
Hauser erwiderte: „Zellengenosse von Tom Hirsch. Hat seinen Sohn erschossen, ich habe ihn gestern besucht."
Brummer wunderte sich zwar, doch fragte nicht weiter nach, schickte Hauser per Mail die Akte Edgar Gerber und recherchierte weiter. Hauser versuchte sich ein Bild von Gerber zu machen. Vielleicht war er doch in den Fall verstrickt, wie auch immer. Er las leise die Akte. „Edgar Gerber, geboren am 13. Juli 1956." Dann blickte Hauser auf die Beschreibung der Festnahme. „13. Juli 1997. Festnahme nach Stürmung des Gebäudes."
Hauser stutzte. Verglich noch einmal die beiden Daten und riss die Augen auf. „Mensch, Scheiße", fluchte er. „Brummer. Komm mal rüber."
Brummer trat hinter Hauser, der mit dem Finger auf die Daten deutete: „Hier, der Gerber wurde an seinem Geburtstag festgenommen. An dem Tag hat er seinen Sohn erschossen, als das SEK das Gebäude stürmte.

Seine Frau wollte ihn den Jungen nicht mehr sehen lassen."

Brummer las und spürte, dass die Spur heiß war.

„Mann, bin ich ein Arschloch", rief Hauser. „Der hat zwei Rottweiler und bot mir ein Bonbon an. Die Opfer hatten Bonbons im Mund und schwul ist Gerber auch."
Hauser machte eine kurze Pause und sagte: „Das ist unser Mann, wir fahren hin."
Brummer zog seine Jacke an, holte die Pistole aus der Schreibtischschublade und folgte Hauser. Sie rasten zur Bruchbude von Gerber. „Pass auf die Köter auf", warnte er Brummer. „Gerber hat nichts zu verlieren. Er sagte, er sei todkrank."

Brummer nickte und jagte den Wagen über die Landstraße. „Wollen wir das SEK informieren?", fragte er seinen Chef. Hauser überlegte und antwortete: „Mit dem werden wir schon alleine fertig."

Kurz darauf hielten sie vor Gerbers kleinem Anwesen. Als sie auf das Gartentor zugingen, schlugen sofort die Hunde an. Sie fletschten die Zähne und sprangen nach oben. „Gerber",

brüllte Hauser. „Kommen Sie raus." Doch es tat sich nichts. „Soll ich die Hunde abknallen?", fragte Brummer, doch Hauser verneinte. Genau in diesem Moment fiel ein Schuss, der knapp über Brummers Kopf vorbeiflog.
Gerber brüllte: „Wenn ihr diesmal das Haus stürmt, nehme ich so viel Bullen wie möglich mit ins Grab."

Dann schloss er das Fenster und verschanzte sich in seinem Haus. Hauser und Brummer hatten sich hinter ihren Wagen geduckt.
„Und nun, doch SEK?", fragte Brummer.
Hauser erwiderte: „Wir brauchen den Gerber lebend. Vielleicht hat er Komplizen. Tot hilft er uns nicht weiter."

Schüsse

Hauser blickte über die Fronthaube des Wagens in Richtung Gerber, hielt die Waffe im Anschlag und rief: „Wir wollen nur reden, Gerber."
Doch Gerber wollte nicht reden und blieb in seinem Haus.

„Wir knallen jetzt deine Hunde ab und kommen rein", brüllte Hauser und nach einer kurzen Weile meldete sich Gerber: „Wenn ihr den Hunden was tut, seid ihr tote Männer."
Er ballerte zwei Kugeln ab und pfiff nach seinen Hunden, die blitzartig ins Haus trabten.
„Jetzt", rief Hauser Brummer zu. Beide verließen ihre Deckung, sprangen über das Gartentor und rannten zur Haustür, hinter der die Hunde verschwunden waren.

„Du lenkst ihn an der Haustür ab, ich mache mich durchs Fenster", ordnete Hauser an. Brummer nickte kurz und richtete die Waffe auf die Glastür. „Gerber, mach auf", rief er mit fester Stimme, während Hauser sich geduckt zum Wohnzimmerfenster vorkämpfte.

„Ich schieße die Tür auf, Gerber", sagte Brummer laut und in diesem Moment schlug Hauser die Scheibe ein, sprang von einem Baumstumpf ins Zimmer, rollte sich ab und richtete die Waffe in Richtung Flurtür. Schon rasten die Hunde auf ihn zu.

Doch in dem Moment, als er abdrücken wollte, rief Gerber „Platz" und die Hunde lagen ruhig vor Hauser. „Okay, Hauser. Mein Spiel ist beendet, lass die Hunde am Leben. Ich habe keinen Bock mehr auf eine Flucht."
Hauser erhob sich, ging vorsichtig an den Hunden vorbei, nahm Gerber die Waffe ab und öffnete Brummer die Tür. Schweigend ließ sich Gerber abführen und bat Hauser im Wagen, das Tierheim wegen der Hunde zu informieren.
Hauser versprach es und sagte nur süffisant: „Vielleicht will sich Hirsch um deine Köter kümmern." Ohne viele Worte fuhren sie ins Präsidium und begannen mit Gerbers Verhör.
„So, Gerber, drei Kindermorde. Warum?", fragte Hauser und Gerber lächelte überlegen: „Ich hasse euch Bullen. Ich hasse euch alle. An meinem Geburtstag habt ihr mein Leben ausgelöscht, ihr wolltet mir den Jungen wegnehmen. Das ließ ich nicht zu."

Gerbers Gesichtsausdruck war voller Wut und Bosheit.

„Und deshalb mussten unschuldige Jungs sterben, du Sau?", fragte Hauser weiter.

„Die Jungs hatten alle nur einen Elternteil, so wie mein Junge. Meine Frau hatte ihn mir weggenommen. Ein Leben ohne Vater und Mutter ist nicht lebenswert, mein Junge hat unter der Trennung gelitten. Der Tod war einer Erlösung für ihn."

Hauser und Brummer waren angewidert von der Kühle, die Gerber ausstrahlte.

„Warum die roten Penisse?", wollte Brummer wissen.

Gerber streckte seinen Kopf nach oben, um den verspannten Nacken etwas zu dehnen.

„Ich war schon als Jugendlicher bisexuell. Als mein Vater mitbekommen hatte, dass ich mit einem Jungen schlief, hat er mir den Penis mit seinen Händen abgedrückt. Das tat höllisch weh und er war tagelang knallrot, Schwänze sind was Verbotenes. Das Übel von allem."

Hauser schloss kurz die Augen und dachte: Was für ein krankes Hirn.

„Gerber, warum mussten Kinder aus meinem Umfeld sterben? Was hatte ich damit zu tun?"

Gerber schmunzelte: „Das wirst du nie erfahren. Aber du hast im Knast viele Freunde, die deinen Geburtstag feiern."
Hauser warf Gerber einen vernichtenden Blick zu und erwiderte:
„Deine Knastkumpels wirst du ja bald wieder treffen."

Dann wollte er von Gerber wissen, wo er das erste Opfer abgefangen hatte. Gerber grinste und es schien ihm Freude zu machen, alles im Detail zu erzählen. Brummer ließ das Band mitlaufen und Gerber begann:
„Ich habe viele Informationen über deine Kinder eingeholt und sie regelmäßig beobachtet. Geiler Knabe, der Thorsten."

Hauser sprang auf, legte seine Hände um Gerbers Kehle und drückte zu. Brummer ging dazwischen. „Chef, Chef. Schluss. Das Schwein kriegt seine Strafe."
Hauser schnaufte, setzte sich wieder auf seinen Stuhl und drohte mit wütendem Blick:
„Vorsicht, Gerber. Pass auf, was du sagst."
Gerber röchelte kurz, grinste erneut: „Hoher Blutdruck, Herr Kommissar? Verständlich, bei diesem Familienleben."
Hauser riss sich zusammen, stand kurz auf, holte sich einen frischen, heißen Kaffee, ging

an Gerber vorbei und ließ den Becher auf Gerbers Hände fallen. „Oh, Gerber, tut mir leid. Wie ungeschickt." Gerber fluchte und versuchte, mit Spucke die brennenden Hände zu kühlen.

„Jetzt bring mal deine Zunge in Wallung", forderte Hauser, während Brummer die Hände von Gerber mit einem kühlen Tuch befeuchtete und den Kopf in Richtung Hauser schüttelte, um ihm klarzumachen, dass die Aktion mit dem Becher nicht in seinem Sinne war.

„Gut", setzte Gerber erneut an. „Ich mache schnell, weil ich gleich mal scheißen muss. Ich habe die Jungs auf dem Nachhauseweg abgefangen, mit meinen Rottis in den Wagen getrieben und ihnen eins auf die Rübe gehauen. Dann habe ich sie nachts aus dem Wagen geschmissen. Die blöden Jungärsche sind davongerannt und meine Rottis hinterher. War eine geile Treibjagd. Irgendwann konnten die nicht mehr, dann habe ich deren zarten Hälse eingedrückt und ordentlich verpackt. Ganz saubere Sache."

Brummer bekam das Kotzen und hätte Gerber am liebsten den Schwanz zermatscht oder einfach nur mit der Faust in seine Fresse gehauen.

„Hattest du einen Komplizen?", fragte Hauser und Gerber dachten einen kurzen Moment nach.

„Komplizen? Fällt mir jetzt gar keiner ein."
Hauser wurde deutlicher: „Gerber. Hat dir jemand geholfen?" Gerber lächelte: „Du, Hauser. Deine Kinder haben mich zu den Opfern geführt, Sonja und Thorsten waren meine Komplizen. Die Jungs, mit denen Sonja und Thorsten in der Schule und beim Training als letztes gesprochen hatten, mussten dran glauben."
Hauser hakte mit ruhiger Stimme nach: „Und der Sohn von Joe Winter?"
Gerber erwiderte: „Der Torwart? Mit dem hatte Thorsten per Handy telefoniert, das war sein Todesurteil."
Brummer stutzte: „Haben Sie die Handys abgehört?"
Gerber schüttelte mit dem Kopf: „Ich habe meine Informationsquellen."

Hauser hatte für heute genug von dieser dämlichen Fratze:
„Wir setzen das Verhör morgen fort."
Gerber lächelte erfreut: „Oh, an deinem Geburtstag, welch Ehre. Ich glaube nicht, dass du zum Feiern kommst."

Hauser ging nicht weiter darauf ein und ließ Gerber abführen. Zu Brummer meinte er: „Glaubst du nicht auch, dass der noch was verschweigt?"

Brummer dachte nach und sagte: „Kann gut sein. Vielleicht hat er noch einen Trumpf in der Hinterhand. Eklig, wie der Ihre Kinder beobachtet hat." Hauser nickte: „Eben eine Sau, durch und durch."
Brummer und Hauser verließen das Verhörzimmer.
„Was machen Sie eigentlich morgen an Ihrem Geburtstag", fragte Brummer.

Hauser presste die Lippen zusammen und antwortete: „Erst mal arbeiten und Gerber verhören und abends will ich mit den Kids ausgehen."

Er dachte kurz nach und raunte: „Mist. Ich muss das ja noch mit Elke klären."
In seinem Büro wählte er ihre Nummer und Elke war direkt am Telefon. „Hallo, Elke. Ich wollte morgen an meinem Geburtstag die Kids abholen. So gegen 17.00 Uhr."
Elke schwieg einen Moment und erwiderte: „Wir wollen morgen Abend mit dir bei uns zuhause grillen."

Hauser wunderte sich über das nette Angebot.

„Schöne Idee!"

Elke meinte daraufhin: „War Toms Vorschlag, er will sich mit dir mal aussprechen."

Hausers Blutdruck sprang kurz in die Höhe: „Hirsch soll mit mir Geburtstag feiern, was ist das für eine Kacke?"

Elke konterte: „Tu es den Kinder zuliebe."

Hauser schluckte und stimmte zu, wenn es ihm auch äußerst schwerfiel. Aber Hauptsache, er konnte mit seiner Familie zusammen sein, auch wenn der Feind mit am Grill stand. Aber er musste Hirsch zugute halten, dass er ihn zu Unrecht beschuldigt hatte, in Verbindung mit den Jungenmorden zu stehen und letztendlich hatte ihn die „Privatermittlung" um Tom Hirsch zu Gerber geführt.

Eine glückliche Fügung des Schicksals – ohne Hirsch wäre Hauser nie auf Gerbers Spur gekommen. Das hatte er doch tatsächlich diesem Arschloch zu verdanken und trotzdem würde er alles dafür tun, diesen Nebenbuhler aus seinem Haus und dem Umfeld seiner Familie zu vertreiben. Eine Idee, wie das gelingen könnte, hatte er zwar noch keine. Aber da war er erfinderisch und recht sicher, dass er den richtigen Einfall zur richtigen Zeit haben würde.

Hauser machte noch ein paar Notizen im Fall Gerber und bedankte sich noch einmal bei Frau Dr. Dreiler für die Unterstützung. Sie bot an, morgen dem Verhör beizuwohnen, was Hauser dankend annahm. Vielleicht konnte sie mit ihren Psychotricks Gerber den Arsch aufreißen, es wäre ihm eine Freude. Diese gehirnkranken Typen verhörte Hauser nicht gerne, deren krankes Lachen, die Überheblichkeit machte ihn rasend. Wie schleimige Würmer kamen ihm diese Kerle vor. Schleimten sich aus dem Dreck raus und glaubten, noch besonders gescheit zu sein. Für ihn war das Abschaum, der tiefste Morast, den er sich vorstellen konnte. Dann lieber einen einfachen, „ehrlichen" Killer, mit denen konnte er auf Augenhöhe reden und ihre Gedankengänge nachvollziehen.

Happy Birthday

Am nächsten Morgen saß Hauser mit Dr. Dreiler im Verhörzimmer. Brummer stand hinter der verspiegelten Glasscheibe und fand die Idee mit der Psychotante gar nicht übel, denn auch er glaubte, dass Gerber noch nicht die ganze Wahrheit erzählt hatte. Als Gerber das Zimmer betrat und Dr. Dreiler erblickte, sagte er mit lächelndem Blick:
„Oh, Damenbesuch, ich würde aber lieber einen Jungenarsch ficken."
Hauser brüllte: „Klappe, Arschloch. Im Knast wirst du genug gebumst."
Dr. Dreiler ging über den Kommentar hinweg, faltete die Hände auf dem Tisch, fixierte Gerber an und sagte mit ruhigem Ton: „Erzählen Sie mir von dem Missbrauch in Ihrer Kindheit."

Gerber zuckte und man spürte sein Unwohlsein. „Geilt Sie das auf?", fragte er mit erregtem Blick.
„Nein", antwortete Dr. Dreiler. „Ich will mir ein Bild von Ihnen machen."
Gerber rutschte verlegen auf seinem Stuhl hin und her.

„Vater", stammelte er. „Vater musste ich mit der Hand einen runterholen", erzählte Gerber mit starrem Blick,
„Wo war Ihre Mutter?" Gerber rang mit den Tränen: „Tot!"
Dr. Dreiler hakte nach: „Und was gab es zur Belohnung, wenn Sie Ihren Vater befriedigt hatten?"
Gerber wich ihren Blicken aus und heulte: „Bonbons."

Dr. Dreiler nickte zufrieden und Hauser war überrascht von den Psychokünsten der Kollegin, die noch tiefer in Gerbers Psyche eindrang: „Als Kindermörder mit homosexuellen Neigungen hatten Sie es im Gefängnis bestimmt nicht leicht."
Gerber nickte und stammelte: „Ganz unten in der Hierarchie." Dr. Dreiler nickte verständnisvoll: „Und wer hat Ihnen geholfen? Wer hat Sie geschützt?"

Gerber war gefangen von Dr. Dreilers Einfühlungsvermögen. Endlich hörte ihm jemand zu. Endlich verstand ihn jemand. „Mein Zellengenosse und ich verschanzten uns im Gefängnis. Wir ließen niemand an uns ran. Aber in der Dusche wurden wir immer wieder vergewaltigt. Wir hatten keine Chance."

Dr. Dreiler bedankte sich bei Gerber und brach das Verhör zur Verwunderung von Brummer und Hauser ab. Als Gerber abgeführt wurde, fragte Hauser, warum sie nicht tiefer gebohrt habe.
„Das hätte ihn emotional überfordert, er hätte wieder zu lügen begonnen." Dann machte sie eine Pause, blickte Hauser an und meinte: „Schwer zu glauben, dass so ein labiler Charakter auf eigene Faust handelt. Wir müssen in der nächsten Sitzung, ich meine, im nächsten Verhör herausfinden, ob es da nicht doch einen Mittäter, wenn nicht gar einen Drahtzieher gibt."

Hauser konnte den Ausführungen von Dr. Dreiler gut folgen und schlug vor, am kommenden Montag, direkt nach dem Wochenende, Gerber erneut in die Mangel zu nehmen.

Dr. Dreiler war dankbar, in den Fall miteingebunden zu werden. Sie mochte es, die Psyche von Mördern zu beleuchten, ihre Motive zu erforschen und ihre Denkmuster aufzudecken. Gerber war ein besonders interessanter Fall und war in ihren Augen schizophren und paranoid. Herauszufinden, ob er sich selbst zu den Morden angetrieben hatte oder fremd-

gesteuert wurde, war jetzt für sie eine große Herausforderung.
Brummer und Hauser kriegten sich anschließend in ihrem Büro fast nicht mehr ein.

„Geil, wie die den Gerber zum Heulen brachte", triumphierte Brummer und Hauser jubelte: „Die reißt dem am Montag die Eier ab."
Brummer trat näher an seinen Chef heran und strahlte: „Hätte ich fast vergessen. Happy Birthday, Chef."

Hauser lachte, wenn er auch so förmliche Dinge nicht mochte. „Danke. Geburtstag und kein neuer Mord. Prächtig."
Als Hauser vorschlug, in der Kneipe um die Ecke ein Bierchen auf den Geburtstag zu zwitschern, läutete sein Telefon. „Hauser", meldete er sich und am anderen Ende der Leitung war Stille. „Wer ist da?", fragte Hauser mit erhobener Stimme. „Joe. Joe Winter." Hauser setzte sich und sagte leise: „Joe, wie geht's dir?"

Winter meinte: „Scheiße, Frank. Habt ihr die Sau? Ich will ihn sehen." Hauser versuchte zu beruhigen: „Sieht so aus, aber wir brauchen noch ein paar Tage. Ich informiere dich." Joe Winter ließ sich nicht abwimmeln. „Du hast

mir das versprochen, Frank." Hauser stimmte zu, schränkte jedoch ein:
„Wir müssen erst ganz sicher sein."
Dann wartete er auf eine Reaktion von Joe, die jedoch nicht kam. Hauser dachte kurz nach und schlug vor:
„Joe, ich habe heute Birthday. Komm doch heute Abend zum Grillen zu uns." Joe Winter meinte nur knapp:
„Mal sehen. Vielleicht." Hauser erwiderte:
„Würde uns alle freuen. So um 7?"

Winter legte kommentarlos auf und Hauser spürte, dass sein Kumpel auf dem Weg in die Hölle war.
Als Brummer und Hauser kurz darauf in der Kneipe saßen und vor ihnen zwei frisch gezapfte Pils standen, schlug Hauser seinem Assistenten auf die Schulter und lud ihn heute Abend zum Grillen ein.

„Danke Chef, aber habe heute ein Date."
Hauser nickte und lächelte: „Was Festes?"
Brummer wurde etwas rot: „Ein Blind-Date. Internetbekanntschaft."
Hauser wunderte sich etwas darüber, dass Brummer auf diese Weise Frauen suchte, aber das schien ja mittlerweile modern zu sein.

„Ich habe Elke bei einem Einsatz kennengelernt", fing Hauser an zu plaudern. „Sie arbeitete in einer Bankfiliale, die überfallen wurde. Ich war damals beim Kriminaldauerdienst. Bei ihrer Zeugenaussage hat es gefunkt."

Brummer bekam ein wenig Mitleid mit seinem Chef. Er wusste, wie sehr er an seiner Familie hing.
„Vielleicht gibt Ihnen ja Elke eine neue Chance", versuchte er Hauser Mut zu machen.
Der verzog skeptisch das Gesicht: „Da ist Elke konsequent. Die ist ja Feuer und Flamme wegen Hirsch. Für mich unfassbar, dass sie einen Mörder um sich hat."
Brummer stimmte zu und meinte trocken: „Elke wird schon das wahre Gesicht von Hirsch entlarven. Sie ist ja nicht blöde." Hauser erwiderte: „Mal schauen", legte 10 Euro auf den Tisch und sagte zum Mann hinter der Theke: „Stimmt so."
Sie verließen die Kneipe und Hauser verabschiedete sich: „Muss noch Grillfleisch und Wein besorgen."
Brummer wünschte ihm einen schönen Abend und ein schönes Wochenende.
„Gleichfalls", erwiderte Hauser und fügte hinzu: „Und nicht so wild treiben heute Nacht."

Brummer lächelte und ging zu seinem Wagen, den er vor dem Präsidium geparkt hatte.

Holzkohle

Hauser freute sich zwar auf den Abend, bekam jedoch das Kotzen bei dem Gedanken, dass Hirsch vielleicht mit seiner Frau rumknutschen würde. Er ballte die Fäuste und murmelte: „Scheiße. Der Sack versaut alles."
Etwas zornig fuhr er zum Supermarkt, füllte den Einkaufswagen mit Fleisch, Würstchen, Bier und Wein und überlegte, ob er das Fleisch von Hirsch vergiften sollte. Aber den Gedanken vertrieb er gleich wieder, zahlte an der Kasse und verstaute die Ware in seinem Kofferraum. Beim Blick zur Uhr fluchte er erneut: „Mist, gleich halb acht."

Er fuhr mit Volldampf zu seiner Familie und parkte den Wagen kurz vor acht in der Einfahrt. Als er das Eingekaufte ins Haus tragen wollte, freute sich Hauser, denn Joe Winter kam ihm entgegen.
„Mensch Joe. Das freut mich", strahlte er und umarmte seinen Kumpel, der eine Flasche Korn in der Hand hielt.
„Die knacken wir heute", meinte Joe und Hauser erkannte an seinem Blick, dass er eine qualvolle Zeit hinter sich hatte. „Machen

wir. Jetzt komm erst mal rein", sagte Hauser und führte ihn durch das Gartentor.
Elke kam mit mürrischem Blick entgegen: „Wo bleibst du denn?" Dann setzte sie ein Lächeln auf, umarmte Hauser und drückte Winter die Hand. Auch sie fand die Idee gut, Winter eingeladen zu haben, damit er auf andere Gedanken kommt. Sonja kam ihrem Vater entgegen, drückte ihn herzlich und gab ihm einen Kuss auf die Wange. Zu viert gingen sie in den Garten, wo Elke und die Kinder alles wunderhübsch geschmückt hatten.

„Wo ist das Arschloch?", fragte Hauser und seine Frau verdrehte die Augen. Hauser fragte nicht weiter, wollte jedoch wissen, wo sich sein Sohnemann versteckte. Elke stellte Salatschüsseln auf den Tisch und antwortete: „Ist mit Thorsten Holzkohle holen. Die hast du ja bestimmt vergessen."
Dem musste Hauser zustimmen, doch es wurmte ihn, dass sein Sohn mit Hirsch unterwegs war. „Bleib bitte friedlich, heute Abend", bat Elke und fügte hinzu: „Tom will gemeinsam mit Thorsten eine Geburtstagsüberraschung für dich vorbereiten. Keine Ahnung, was die da aushecken."
Hauser fand das gar nicht toll, Hirsch spielte sich anscheinend wie ein Vater auf. Er glühte

innerlich, doch versuchte er, durch ein Gespräch mit Joe abzuschalten.

„Na, Joe? Alles scheiße, was?" Joe trank einen Schnaps, bot Hauser ein Glas an und erwiderte: „Irgendwie ist alles leer in mir. Ich kann kaum noch schlafen, muss immer daran denken, wie der Junge gelitten haben muss. Ich bin so wütend auf alles."

Hauser legte kurz seine Hand auf die von Joe und sagte: „Kann ich gut verstehen, Joe. Ich bin für dich da, wenn du was brauchst."
Die Männer waren tief ins Gespräch versunken und Hauser merkte gar nicht, wie die Zeit verflog.
„Gleich halb neun, Elke. Wo bleibt denn Thorsten?"
Elke beruhigte ihn: „Bleib entspannt. Tom ist ein guter Autofahrer, die stecken bestimmt im Berufsverkehr."
Hauser blieb jedoch nicht entspannt, jetzt entzog ihm der Hirsch auch noch seinen Sohn an seinem Geburtstag. Die Zeit verging und um neun Uhr hielt es Hauser nicht mehr aus.
Er schimpfte: „Elke, da stimmt doch was nicht."
Elke war mittlerweile selbst etwas beunruhigt.

„Ich habe Tom auf dem Handy angerufen, da geht die Mailbox ran. Vielleicht klappt was mit der Geburtstagsüberraschung nicht." Plötzlich bekam Hauser einen Schock. Ein Adrenalinstoß machte ihn hellwach.

„Geburtstagsüberraschung", murmelte er und riss die Augen auf. War Hirsch doch der Killer? Wollte er Thorsten umbringen? „Scheiße", brüllte Hauser.
„Der Junge ist in Gefahr."
Er stürmte zu seinem Wagen, Winter hinterher.
„Lass mich mit, ich kann suchen helfen", sagte Winter und Hauser stimmte zu.
Elke war völlig verdutzt und blieb fassungslos zurück.
Hauser rief Brummer an und informierte ihn über seinen Verdacht.
„Wo könnte er Thorsten hingebracht haben?", fragte Brummer aufgeregt, ließ sein Blind-Date sitzen und eilte zu seinem Wagen.
„Keine Ahnung", erwiderte Hauser aufgeregt.
„Wo waren Sie das letzte Mal mit Ihrem Jungen?", fragte Brummer.

Hauser dachte nach, versuchte, sich zu konzentrieren: „Auf dem Fußballplatz beim Training. Brummer sagte: „Dann treffen wir uns dort." Mit Blaulicht und Vollgas bretterten sie zum Trainingsplatz.

„Die Sau", meinte Winter und kochte vor Wut.

„Scheiße, weg da", schimpfte Hauser, als ihm ein PKW in die Quere kam.

„Hier, nimm die Abkürzung", empfahl Winter und Hauser bog in den kleinen Feldweg ein. Staub wurde aufgewirbelt und Hauser hatte Mühe, das Lenkrad zu halten, da der unebene Weg den Wagen ordentlich vibrieren ließ.

Volle Wucht

„Endlich", rief Hauser, als sie am Sportplatz angekommen waren. Auf dem Parkplatz stand Elkes Wagen, mit dem Tom und Thorsten unterwegs waren.
Hauser und Winter rannten durch das geöffnete Stahltor und suchten mit ihren Blicken nach Thorsten. Plötzlich stieß Brummer zu den beiden:
„Und. Habt Sie ihn entdeckt?"
Hauser verneinte. „Wir trennen uns", ordnete er an. „Ich schaue in den Umkleidekabinen nach und ihr im Geräteschuppen."
Die Männer machten sich auf den Weg. Hauser verfluchte sich selbst, weil er seine Dienstwaffe nicht dabei hatte.
Vorsicht betrat er den Eingang der Kabinen und öffnete vorsichtig nach und nach die Türen und mit einem Mal spürte er den Lauf einer Pistole am Kopf.
„Ganz vorsichtig, Hauser", hörte er Hirschs Stimme. „Du wirst gleich Zeuge, wie dein Junge krepiert."
Hirsch stieß Hauser in einen Umkleideraum, wo Thorsten gefesselt und geknebelt auf einer Bank saß.

„Du Sau, Hirsch", brüllte Hauser und Hirsch drückte ihm die Knarre noch fester an den Kopf.

„Los", befahl Hirsch laut. „Setz deinem Sohn die Plastiktüte auf den Kopf. Ich will ihn ersticken sehen oder ich ballere ihm eine Kugel in die Eier."
Hauser nahm die Tüte und überlegte gleichzeitig, wie er Hirsch überwältigen konnte, der mit dem Rücken zur Tür stand.
In diesem Moment hörte Hauser einen Schlag, ein Gebrüll. Er drehte sich um und Winter schlug mehrfach mit einer Eisenstange auf Hirschs Kopf. Der brach zusammen, Hauser stieß mit dem Fuß die Knarre in die Ecke und befreite seinen Sohn. Winter schlug immer wieder auf Hirschs Kopf.

Als Brummer dazu kam und ihn zurückhalten wollte, hatte sich bereits eine große Blutlache gebildet. Winter drängte Brummer zurück, nahm die Spitze des Rohrs und rammte es dreimal mit ganzer Wucht auf Hirschs Schädel.
„Der ist alle", sagte Winter trocken.

Hauser führte seinen Sohn nach draußen und Brummer informierte die Kollegen.

„Ich bringe Thorsten nach Hause", sagte Hauser zu Brummer. „Ja, ist besser so", stimmte er zu. „Eine Sache noch, Chef, bevor ich was zu den Kollegen sage. Der Anfall von Winter war doch Notwehr." Hauser huschte ein kurzes Lächeln über das Gesicht: „Klar. Sagen Sie das Joe nochmal, bevor die ihn verhören." Hauser verabschiedete sich.

Thorsten war noch immer geschockt, weinend wurde er von Elke in Empfang genommen. Als Hauser ihr erzählte, was vorgefallen war, beschimpfte sie sich selbst:
„Wie konnte ich so blind sein? Ich habe meine eigenen Kinder in Gefahr gebracht."
Hauser beruhigte sie. „Hirsch war ein Psychopath, die können Menschen beeinflussen. Du hast keine Schuld."

Nachdem sich Thorsten ein wenig beruhigt und der Notarzt ihm eine Beruhigungsspritze verabreicht hatte, saßen Elke und Hauser noch bei einer Flasche Wein im Garten.
„Du hast einen Scheiß Job, Frank", sagte sie mit einem wohlwollenden Lächeln.
„Ich habe Scheiß Kunden", erwiderte Frank.
Elke hatte sich bisher nie für seine Fälle interessiert, weil sie die Verbrecherwelt nicht in der Aura ihrer Familie haben wollte. Ihr

wurde klar, wie alleine sie Frank damit all die Jahre gelassen hatte.

„Und war Hirsch nun der Mörder aller drei Jungs?", fragte sie. Hauser zog die Schultern nach oben. „Gute Frage. Das wird uns der zweite Beschuldigte erklären müssen, Gerber ist genauso ein Schwein."

Hauser schlief die Nacht, so wie früher, bei seiner Familie. Nur diesmal im Wohnzimmer auf der Couch. Hauser hatte Brummer und Frau Dr. Dreiler informiert, dass das Verhör mit Gerber vorgezogen werden müsste.

So saß Hauser am Samstag um 11 Uhr Seite an Seite mit Dr. Dreiler im Verhörraum und ihnen Gerber gegenüber.
Dr. Dreiler führte das Verhör. „Herr Gerber, haben Sie gut geschlafen?"
Gerber bejahte. Das hatte ihn in den letzten Jahren niemand mehr gefragt und er war dankbar für die Fürsorge.
„Tom Hirsch, Ihr Zellengenosse, wollte gestern einen weiteren Jungen umbringen, dabei wurde er getötet."

Gerber riss die Augen auf: „Sie lügen."
Dreiler schüttelte den Kopf. „Nein, ich sage die Wahrheit. Jetzt will ich von Ihnen wissen,

wie Hirsch sie angestiftet hat, die anderen Jungs zu ermorden."

Hauser wunderte sich darüber, dass Dr. Dreiler so sicher war, dass Gerber von Hirsch angestiftet wurde.

Gerber kaute auf seinen Lippen, überlegte und schwieg.

Dr. Dreiler verschärfte den Ton. „Er ist der einzige Mensch, der zu Ihnen stand. Wenn Sie die Wahrheit sagen, dürfen Sie auf seine Beerdigung, sozusagen als Belohnung."

Gerber atmete tief durch und begann zu erzählen: „Tom erzählte mir im Knast, dass er Hauser fertig machen wollte, weil der sein Leben zerstört hatte. Tom hat mir im Knast mehrfach das Leben gerettet, ich stand in seiner Schuld. Als dann noch der Magenkrebs dazukam, war eh alles scheißegal. Außerdem hasste ich alle Bullen und wollte meinen Sohn rächen. Welcher Bulle dafür bezahlen musste, war mir egal. Tom schmiedete einen Plan. Er schlich sich in Hausers Familie ein und wollte den Sohn am Geburtstag umbringen. Ich sollte vorher die anderen Jungs abmurksen. Tom gab mir die Namen der Opfer durch und ich handelte."

Hauser schwieg. Liebend gerne wäre er Gerber an die Gurgel gegangen, aber das ließ er in Anwesenheit von Dr. Dreiler lieber bleiben.

„Gut, das Geständnis leuchtet mir ein", sagte Dr. Dreiler und fügte hinzu: „Unter Polizeischutz dürfen Sie zur Beerdigung, ich setze mich dafür ein."

Edgar Gerber starb drei Wochen nach seinem Geständnis an den Folgen von Magenkrebs. Der Beerdigung von Tom Hirsch konnte er noch beiwohnen. Brummer hat sich mittlerweile mit seinem Blind-Date verlobt und Hauser bekam von seiner Frau eine zweite Chance.

Übrigens: Joe Winter wurde freigesprochen, weil er in Notwehr handelte. Er lernte im Vereinsheim eine junge Frau kennen, die von ihm ein Kind erwartet.

Printed in Germany
by Amazon Distribution
GmbH, Leipzig